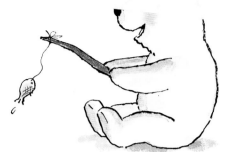

Para ti

....

PORQUE TE QUIERO TANTO
Título original: Omdat ik zoveel van je hou

Altea

D.R. © Del texto y las ilustraciones: Clavis Uitgeverij, Amsterdam - Hasselt, 2003.
D.R. © De la traducción: Laura Emilia Pacheco

D.R. © De esta edición:
Aguilar, Altea, Taurus, Alfaguara, S.A. de C.V., 2003
Av. Universidad 767, Col. Del Valle
México, 03100, D.F. Teléfono 5420 7530
www.alfaguarainfantil.com.mx

Altea es un sello del **Grupo Santillana**.

Éstas son sus sedes:

ARGENTINA, BOLIVIA, CHILE, COLOMBIA, COSTA RICA, ECUADOR,
EL SALVADOR, ESPAÑA, ESTADOS UNIDOS, GUATEMALA, MÉXICO, PANAMÁ,
PERÚ, PUERTO RICO, REPÚBLICA DOMINICANA, URUGUAY Y VENEZUELA.

Primera edición publicada en Bélgica por Clavis Uitgeverij, Amsterdam - Hasselt, 2003
Primera edición en Aguilar, Altea, Taurus, Alfaguara, S.A. de C.V.: abril de 2003

ISBN: 970-29-0912-0

Impreso en China

Guido van Genechten

Porque
te quiero tanto

Ah, sí. Nevoso es muy inteligente.

Sabe dónde encontrar a los peces más sabrosos,
y también cómo atraparlos.

Sabe distinguir el sabor de un copo de nieve
antes de que se le derrita en la punta de la lengua.

Sabe que el viento puede calar con furia o ser tan suave como una caricia *(¿o acaso se trata del aroma de mamá cuando lo abraza?).*

Sabe escalar un témpano de hielo
y cómo deslizarse hasta abajo sin hacerse daño.

Sabe que el hielo se puede romper
e incluso desprenderse hasta separarlo de mamá.

Sabe que el Sol brilla de día
y que la Luna sale de noche.

Nevoso sabe todas estas cosas
(y, desde luego, muchas más...)

Pero hay otras —cositas insignificantes—
que no entiende muy bien...

—¿De dónde viene la nieve, mami?

—Verás, Nevoso. Muy lejos de aquí, el Sol calienta el mar. El calor hace que muchas gotitas floten y se junten para formar una nube. El viento impulsa a la nube hasta acá, y aquí a la nube le da frío y tiembla. Cuando tiembla ¡empieza a nevar!

(Esto le explica a Nevoso sobre por qué los copos de nieve tienen un sabor tan agradable: porque huelen a mar.)

—Pero, ¿por qué la nieve es blanca y no azul como el mar?

Ésta es una pregunta difícil de responder.
—Verás… —contesta mamá *(a veces ella no sabe la respuesta a todas las preguntas)*—. La nieve siempre es blanca, igual que los osos polares siempre son blancos.

—Y, ¿por qué los osos polares siempre son blancos? —pregunta Nevoso.

—Porque el blanco es el más hermoso, dulce y *osado* de todos los colores de los que puede ser un oso polar —responde mamá.

—Y si fuera amarillo, ¿me querrías igual? —pregunta Nevoso.

—Desde luego —contesta mamá.

—¿Y si fuera rojo o verde, o todo negro? ¿De todos modos me…?

—Claro —responde mamá con una sonrisa.

—¿Por qué? —pregunta Nevoso.

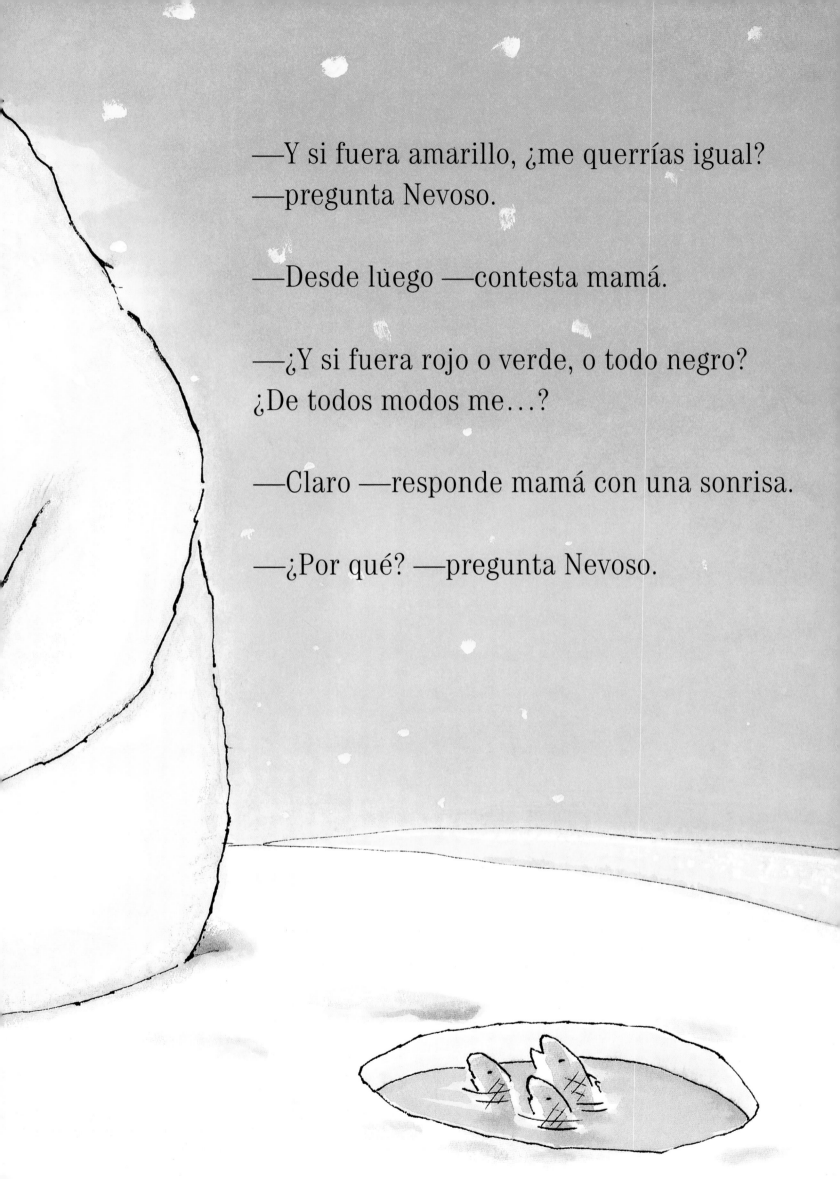

—Porque te quiero much

no —responde ella.

Pero eso ya lo sabe Nevoso.

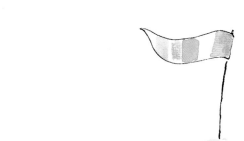